눈감아 주면 좋겠다

책 만 드 는 집　시 인 선 2 4 9

눈감아 주면 좋겠다

박은희 시조집

책만드는집

매일 아침 한 편의 시조를 읽는 건
하루를 바꾸는 행복이다

보랏빛이 눈을 정화하듯
촉촉하고 맑은 기운 가득하다

행간에 의미를 불어 넣어
풍요와 자유에 이르는 길이다

2024년 여름
금정산 아랫마을에서
박은희

| 차례 |

1부   서로를 향한 눈빛

2부　발걸음 속삭이면

3부 웃어주던 기억 너머

4부　　비움의 물기를 터는

5부   어둠을 달래다

1부
서로를 향한 눈빛

빈틈

엉성한 구멍 하나 눈으로 안겨 든다
볕 한 줌 나눠가며 여린 생 다독이는
가슴이 철렁한 숨도
내어 쉬는 그런 곳

하루가 소리 없이 목젖을 울컥일 때
생각의 고리 찾아 헤매는 길이어도
바람이 들락대도록
눈감아 주면 좋겠다

보랏빛 충전

축 처진 발걸음이 마당에 다다르면

벌 나비 함께하던 선물로 다가와서

어스름 짙어가는 하루
다독이는 라일락

마음이 그래 1

새벽을 당기던 팔 힘줄 더 세워본다
오래된 동화 속의 해피엔딩 떠올리며
오늘은 좋은 날이라며 잇몸 환히 보일까

첫차가 오고 있는 역사가 분주하다
그리는 백지 위에 꿈틀대는 꿈을 싣고
도심 속 빠르게 걷는
뒷모습이 찡하다

탑을 물려받다

시어른 뵙는 듯이 탑 앞을 지나가면
들리는 말씀 있어 발걸음 멈칫한다
주시던 소담한 복에
감사 인사 건네며

이만큼 저만큼은 남들과 나누기를
제 선을 긋지 말고 서로가 보듬기를
받들어 잘 살았을까
돌아보는 저녁답

연의 시간 속으로

연꽃을 눈에 넣은 응원이 오고 간다

진흙에 발을 내린 지난한 꽃잎마다

땅거미 내리기 전에

아우르는 품이다

도리질

뻣뻣이 굳어가는 목덜미 돌아본다

몸에 밴 고갯짓을 아슴푸레 묻어둔 채

좌우를 아우르는 듯
둘러보며 살 일인데

부부

잔잔한 파도 타고 봄볕을 속삭이다
하늘 위 떠다니는 단꿈에 젖었는데
가끔은 하얗게 흘기며
딴청 피우는 눈길

넉넉한 하늘 아래 꽃인 양 환히 웃다
흰 나비 춤사위에 한눈 잠시 팔다가도
마음에 쏙 드는 여기
서보라며 손짓한다

덩굴장미

아찔한 순간마다 가시로 톡 쏘지만

얇은 결 꽃잎들은 서로가 어깨 기대고

귀 세운 작은 소리에도

향기 풀어 말을 건다

낯설다

생각을 이고 지고 산등성 오르는 날
처음 본 듯 다가오는 우거진 숲을 본다
참 오래 만나던 길도
낯가림이 있을까

반갑게 이름 불러 꽃송이 피웠는데
눈으로 다가가던 시간이 아득하다
주저리 보따리 하나쯤
풀어놓을 걸 그랬나

나, 오늘

아직도 햇살무늬
가슴 가득 피어난다

아끼리 다가서리
홀로 울지 않도록

바람결 등을 스치는
꽃이 피는 이 시간

길, 나팔수선화

말간 네 얼굴 너머 은은한 나팔 소리
이제 깨어나라며 바람결에 싣는다
설렘이 피어나는 문턱
색 입히는 작은 바람

봄비 살짝 내리는 나지막한 담장 건너
움츠린 등을 펴고 너의 길을 가야지
곱다시 나눔을 여는
떨군 고개 환하다

만남이 좋아서

피아노 건반 위를 춤추듯 걷는 걸음

달력에 쓰다 지운 여행을 떠나는 날

낯선 길 물소리까지 까닭 없이 정이 간다

모퉁이 꽃

발길에 차이고도 보란 듯 피어난다

길섶에 눈길 끌던 풀꽃보다 돋보이며

옥토가 아니라 해도 너를 향한 뭇시선

봄을 부르는 무엇

빛바랜 이름표 하나 가지 끝에 매달고
야윈 팔소매 걷은 잎 없는 가지마다
빗방울 떨어질세라 안간힘을 보탠다

창 너머 다가오는 아주 작은 발자국
눈 속에 담아보는 몽글한 매화 내음
기꺼이 다 내어주며
피고 있는 시상 하나

2부

발걸음 속삭이면

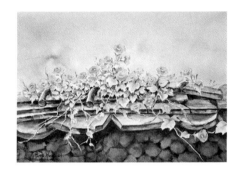

그날

오이라 시간 내서, 나물밥에 쌈 싸 먹게
전화선 타고 오는 낯익은 목소리다
달력에 저장을 누른 친정 가는 좋은 날

장미 넝쿨 줄기마다 초록이 넘쳐나고
봄나물 싱그러운 별천지 펼쳐진다
걸걸한 오라비 음성 소쿠리에 가득한

마음이 그래 2

어둠이 깊어가는
도시가 참 낯설다

슬며시 새어 나간 느슨함 들켰을까

어깨춤 움츠리도록
다가오는 하늘 울림

길을 가다가

발끝에 힘을 주고 저만치 눈을 뒀지
못 보고 지나치던 꽃그늘 환했을 텐데
가지도 싹둑 잘린 채
겁에 질린 어린 생

무심코 밟고 넘은 가로수의 꿈 너머 꿈
찌르는 통증만큼 흩어진 눈길 되어
울타리 꽃댕강나무
민머리에 젖는다

봄에게

그대가 한 땀 한 땀 수를 놓은 꽃방석

향긋한 내음이 밴 꿀까지 나눠주는

느릿한 미소와 함께

눈으로만 머물게요

눈물꽃

눈부신 벚꽃 길에
나뒹구는 꽃잎 보다

숨겨둔 내 그림자
더 깊이 감춰본다

젖은 채 고개 떨구는
송이송이 꽃송이

소나무 이야기

봄이면 수꽃 머리 꾸민 듯 걸터앉아
양 볼에 송홧가루 가득히 머금는다
바람에 실어 보내는 암꽃 눈빛 받으며

슬며시 떨어지는 갈색 잎도 모르게
어디든 뿌리 내려 살아달라는 말처럼
빈 둥지 속살 터지는 긴 겨울을 나고 있다

의자론

기대듯 내려놓고 저 먼 곳 바라보다

미소 반반 번지는 그쯤 일어서구려

비우면 차오르는 법

조금 늦을 뿐이오

성호를 긋는

서울살이 좋아라며 캐리어 앞세웠다만

어떻게 지내냐며 다독여 주고픈데

가슴에 반쪽 달빛만 깊숙하게 안긴다

부푼 꿈 힘겨울 때 먼 하늘 쳐다보렴

깜깜한 밤하늘에 별빛도 길이란다

사랑이 차오를 때까지

바람 줄을 당긴다

바람꽃

촉촉이 젖은 길에 우산은 액세서리

저만치 앞서가는 등을 보며 걷는다

흰머리 바람을 타는

우리 사랑 길을 따라

그곳에 가면

우산버섯 나뭇잎 이고 쏙 올라온 오솔길

낙엽을 불러내는 노래로 속삭이면

들린다 마음의 소리

두꺼운 벽 허무는

다이어트

짧은 햇살 달아나듯 시큰둥한 반응 아래
게으름 살이 올라 전자 통신 벽을 쌓는다
콕 꽂힌 몸매 타령에
허리 치수 줄이며

덤으로 받아 드는 유머와 재치 앞에
배 아플 작은 일도 가슴에 손을 얹는
웃자란 발아래 일은
가지 쳐야 환하다

정상頂上

까닭 없이 흔들리면 황령산에 가고 싶다

탁 트인 푸른 바다 한눈에 담을 수 있는

체중도 날려 보낼 듯 날갯짓이 가볍다

마음이라는 거

푸른 하늘 떠도는 구름이 손에 잡혀
쑥물 든 숲길 따라 풀빛에 젖어든다
계명암 물 한 모금에 더 바랄 것이 없는

목울대 타고 넘는 약수에 힘이 솟아
쉬어 가라 살랑대는 각시풀 뒤로하고
모든 걸 내려놓고도
바위산에 눈이 간다

사랑은

톡 하나 보낸 하트 다섯으로 날아든다

겨자씨 작은 사랑
거름이 되었나 봐

나눔이 크지 않아도 먼저 하면 더 좋지

3부

웃어주던 기억 너머

예의를 갖추다

고개 숙인 해바라기

꿍꿍이가 궁금하다

보란 듯 담장 너머

눈인사 건넬 때부터

가리기 딱 좋은 잎으로

은근슬쩍 웃는 너

발자국

흙길을 누벼놓고
시치미 떼는 거 봐

유리 같은 타일 위에
찍히는지 모르나 봐

때때로
사랑이라는 말
뒤통수를 맞는다

마음이 그래 3

앞서거니 뒤서거니 온 가족 봄나들이

아들딸 발을 맞춰 가슴에 활짝 핀다

예쁘다 예쁘다 해도

이보다 더 예쁠까

말갛다

푸른 하늘 바라보다 구름을 찾아보니
호수에 빠져서는 날 보라 손짓한다
꼬리 친 물결이 예뻐 쳐다보다 그랬단다

눈으로 그려지는 또 한 폭의 수채화
가을에 취한 구름 호수에서 건져내고
속없이 투덜대던 마음
물수제비로 건넌다

그냥이 아니야

운도 그 사람이 만드는 건 아닐까

어금니 물다 보면 오뚝이 닮는 거다

가파른 모퉁이에도

꽃은 피고 있잖아

그녀에게

봄이면 앞다투어 멀리 가는 꽃구경에
나도 여기 있다며 수줍게 손짓하는
진달래 보드라운 빛 어디에서 왔을까

칼바람 견디어낸 꽃가지 바람일까
하늘 보며 두 손 모은 우듬지 기도일까
지난봄 이루지 못한
그들만의 사랑일 거야

그래야지

등으로 느껴지는 따스한 온기만큼

기지개 활짝 켜며 더 넓게 열어야지

가뿐히 안을 수 있는

길고 짧은 셈 풀이

그대 있으니

눈높이 맞춰가며 따스하게 건네주는
지친 눈매 다독이며 미소 띤 기억 너머
내민 손 붙잡아 주는 꽃이라는 이름들

제멋에 우쭐대던 걸음을 내려놓으면
있는 듯 없는 듯이 함께하는 숨결이다
그대가 곁에 있음에 빛났음을 말하리

행복할 수 있다면

구절초 손잡고서 억새가 웃고 있다

단풍 든 목소리로 휘파람 높여가며

짜 맞춘 단추 하나쯤

풀어놓아도 좋겠다

곰배령 나들이

꽃이란 꽃은 모두 초대해서 여는 숲
먼 길을 찾아오는 그 마음 알았을까
얼레지 치마 들치고
바람나도 좋아라

발자국 뒤로하고 흔적을 따라 걷는
가던 길 멈춰 서면 곁가지도 예쁜 날
민낯의 화원을 만나
그림자도 꽃이 된다

아메림노스*

등 뒤에 꽃샘잎샘 따라붙는 이른 봄

무지개 펼쳐지는 천상에 입 맞춘다

봄날은 주님의 은혜 고백하는 순례자

* 염려하지 않는 사람.

오! 복된 날

보듬고 다독임을 나만이 모르는 채
팝콘이 터지듯이 상상이 흩어지고
빈칸을 메꾸어가던 유혹 떨친 기도문

실 같은 빛줄기가 창으로 들어오자
동공을 파고드는 화살에 꽂힌 신부*
신부님 발자취 좇아
고백록을 읽는다

* 화살에 꽂힌 신부: 자신을 내맡긴 한 사제의 고백록.

봄기운 처방

활짝 핀 꽃 무리에 눈빛이 모여들듯

가슴에 스며드는 불 멍으로 채우는 날

봄 내음 그림자 따라
다시 꽃잎 피는 시간

너라는 꽃

거세게 쏟아지는 장대비 피하려다
온몸으로 비를 맞는 맥문동 꽃잎 본다

한순간 숨이 멎는다
온 주위가 환하다

딸린 식구 다 챙기며 차례를 이루다가
살을 에는 바람마저 묵묵히 이겨낸 너

뿌리도 버릴 게 없다
고개 절로 끄덕인다

4부

비움의 물기를 터는

서정에 머무르다

속을 다 내보이며 홀로 선 창이 있다
툭 튕기는 빗방울에 제 길을 내어주고
날아드는 빗방울 앉혀 수채화를 그리는

바람에 떠밀려서 헤매던 빗물처럼
응원에 기운 차려 빛을 내는 걸음들
쇼팽의 녹턴 이십 번
비雨 선율이 파고든다

괜찮아

고요한 가슴 위로 잔물결 일렁인다
생각이 밝아지면 건강은 덤이랬지
얼마나 버텨내는지 내기하듯 달래듯

어디서 만난다는 길은 또 지금부터
저린 발 달래가며 쉼 없이 가야 하는
오늘도 깊이 읽는다
이상 징후 없겠지

기꺼이 주는 선물

소낙비 쏟아지고 천둥소리 요란한데
풀 냄새 맡아가며 산길을 걷고 싶다
망설임 털어버리는 우산 들고 나선 길

빗방울 꽃잎 위에 터질 듯 벙그는데
초록은 안개구름 분 발라 단장하고
때맞춰 구름 걷히며 호사스레 반긴다

마음이 그래 4

흩어져 살아가다 희끗한 채 만나는
갓밝이 담아보는 소녀 적 마음 날개
수평선 일출 광경은
우리 사이 덤이다

소소한 이야기로 힘든 뒤 밀어주고
거북돌 배경 삼아 어깨가 맞닿으면
묻어둔 가슴 응어리
눈 녹듯이 녹는다

댑싸리

눈부신 초원 위에 엎드린 순한 무리

꽃단풍 차려입고 까르르 웃음 짓다

한 컷의 명화 남기고

싸리비로 소통 중

늘 푸른 가시나무

이름 한번 불러놓고 온몸을 떨지 마요
가지에 달아놓은 도토리가 가신걸요
겉모습 다가 아녀요
눈치 주지 마셔요

다리미 없던 때도 주름 좍좍 펴주던
사라진 다듬잇방망이 바로 내 가진걸요
작은 거 하나만으로
거리 두지 마셔요

보송하다

싹 틔운 서어나무 잔잔히 손짓하는

젖은 채 걸어오던 시간을 말려본다

비움의 물기를 터는 햇살 얹은 나들이

봄을 저장하다

귓불을 스쳐 가는 촉촉한 바람 타면
저절로 두근두근 문밖을 서성인다
꽃비가 내리기 전에 앞서가는 저만큼

다시는 볼 수 없는 소중한 오늘이다
부푼 맘 목말 태운 투스텝 걸음걸음
떠나갈 봄을 담으려
분주하다 손놀림

한여름 메시지

각 세워 찌푸리는 눈살이 모여든다

아파트 옹벽 아래 쓰레기 얼룩마다

물오른 담쟁이 잎새 온몸으로 오르는데

그래, 시작이다

주변을 돌아보고 모서리 내려놓은

기도 손 마주하며 사랑을 노래할 때

거룩한 내맡김의 생

향기마저 그윽하다

발 마사지

하루를 지탱하던 겉치레를 벗는다

아득히 젖어드는 기억이 간지럽다

둥지에 긴장을 풀며

졸다 깨다 그런 날

일몰 그 앞에 서서

바다에 내려앉는 붉은 시간 바라보다
꼭 다문 입술 틈새 삐져나온 생각 한 줄
거룩한 비움 앞에서
대월생활* 떠올린다

밤바다에 뿌려놓은 루비의 융단이다
스멀스멀 올라오는 내일을 마중하는
다시금 손을 모은다
차오르는 참사랑

* 일상의 순간마다 성화하면서 침묵 속의 여정을 걸어 마침내 하느님의 현존 안에 사랑으로 사는 생활.

배경 화면

자작나무 사이사이 아직도 깔깔대는

두 딸을 앞세우고 거닐던 맛난 시간

깔아둔 한 컷의 배경

마우스도 웃는다

산책

어스름 짙기 전에 밥상을 물리고선
느긋한 기분으로 거니는 한가로움
애교 띤 눈썹달 아래
노래하는 계곡물

누려온 순간들이 스쳐 온 시간마다
가로등 그림처럼 넉넉한 걸음새다
탑 쌓듯 기도가 닿아
동요 없이 잔잔하다

5부

어둠을 달래다

나에게로 초대

마음은 자갈밭 길 성긴 채 서성이다
닫힌 문 열어보려 등허리 바로 세워
어둠을 달래어본다
가만가만 보낸다

긴 호흡 조심스레 만남을 기대하면
조금씩 다가오는 그림자 맑아진다
꽃잎이 빛을 향하여
스스로를 열 무렵

부용화

해 뜨면 수줍은 듯 펼치는 주름치마

해 지면 시간 걷듯 하루를 감싸 쥐고

한여름 얇은 그림자 다문 입술 꽃부리

가을바람

저만치 보내고픈 일상이 무거울 때
다 떨군 남은 가지 익은 감 흔들리듯
가을에 물들고 싶은 볼 붉은 여인이다

푸르른 하늘 위로 더 높이 오르고파
잔기침 나는 먼지 호수에 쏟아 넣고
지리산 돌멩이 하나 돌탑 위에 올린다

단풍이 손짓하며 늦가을 끌어안는
서로 어깨를 겯고 인증 샷 남기면서
대나무 마디 하나쯤 또 생겨났지 싶다

보고 또 보고

멋쩍게 안아주며
울 엄마라 고맙단다

하나로 어우러져
피어나는 품 사이로

어릴 적
뛰놀던 마당
오월 그림 업로드

마음이 그래 5

엉덩이 톡톡 치며 깨우는 휴일 아침
헤벌쭉 웃음 얹어 밥상을 떠안긴다
맛있다 오물거리는 네 모습이 좋아서

소쿠리 손에 들고 눈빛을 마주하면
파르르 떨려오는 가슴을 가다듬고
싱그런 네가 보고 싶어 그냥 눈에 담는다

긴장의 끈

슬그머니 밀쳐둔
손때 묻은 스케치북

같이 앉은 팔레트도
무료해서 들썩인다

숨 한번
크게 들이켜
다잡으면
될 것을

최고급 천연라텍스

머리 싸맨 일은 놓고
이리 와 누우시오

별도의 위생 방충
가공이 필요 없다오

편안한 잠자리 제공
옆자리표 팔베개

텅 빈 듯해도

웅크린 어깨 너머 바람을 껴안는다
햇살이 설핏 기운 십이월 오후 네 시

흙으로 채워지는 시간
보이지 않는 손

양보 운전

차 안에 앉은 사람 가족이라 생각하면

초보든 노련하든 끼어들기 어렵겠다

달리는 차창 밖으로 끼리끼리 구름 가듯

시작詩作

폴더로 휴지통으로 나왔다 들어갔다

잃어버린 시간 찾아 쳇바퀴 돌려댄다

머릿속 번개가 치듯

시어 하나 번쩍이길

소나기

여럿이 손잡고서 한곳으로 내달린다

큰소리 외쳐대며 비키라 겁을 준다

무반주 첼로 소리에 뙤약볕도 쉬어 가는

대마도

마음 비운 여행길에 우연찮게 마주한

조선 선비 순국비에 허리 곧게 세운다

빛바랜 시간 속에서

먼지 털어 여미며

아침이 온다

요란한 알람 소리
삐걱대는 발자국들

엉거주춤 문을 열면
파고드는 바람바람

오늘이 선물로 오는
꾸러미를 펼친다

아직도

우아한 공작단풍 발길을 잡아끄는
소꿉장난 놀이터에 어느새 자리 잡고
까르르 산방꽃차례 자랑질이 날린다

주름을 가린 웃음 다정한 셔터 소리
뒤돌아 멈춰 서서 유년으로 돌아가며
까마득 철이 없음에
눈시울이 붉어진다

마음이라는 오래된 축제, 보랏빛의…
– 박은희론

김태경 시조시인·문학평론가

> 축 처진 발걸음이 마당에 다다르면// 벌 나비
> 함께하던 선물로 다가와서// 어스름 짙어가는
> 하루/ 다독이는 라일락(「보랏빛 충전」 전문)

#빈틈

우리는 울타리 밖을 나가 현실의 벽에 부딪히고 여러 장애물을 넘으면서, 지난날 품어왔던 여러 웅대한 이상을 제거하거나 수정한다. 올바름이라 여겼던 것들이 현실적인 여건들과 만났을 때, 가슴에 지닌 이상이 자아와 대립되고 조화롭지 않은 공상으로 몸을 바꾸면서 오히려

91

스스로 두려움을 주는 존재가 되어버리기 때문이다. 그럼에도 불구하고 우리가 생성하는 최고의 행복과 최고의 불행 사이를 메우는 공상을, 허무한 몽상으로 치부할 수만은 없을 것이다. 매번 새롭게 탄생하는 공상 속에는 향기가 있다. 마치 라일락 향기가 은은하게 퍼지듯. 그 향기는 배워도 여전히 배워야 하는 괴로운 우리로 하여금 잠시라도 현실에서 벗어나게 만든다.

가령, 어느 봄날 발걸음이 축 처지는 지친 하루에 라일락 향기를 만나는 공상은 우리의 존엄을 밝혀준다. 이때, 라일락 향기는 벌, 나비와 함께 선물처럼 다가와 마당에 다다른 이를 다독인다. 라일락 향기는 보랏빛이다. 마음에 보랏빛이 번지면 마음은 향긋하게 충전된다. 2017년 《부산시조》신인상을 받으며 등단한 박은희 시인에게 보랏빛은 재생이고 정화이다. 이번 신작 시집『눈감아 주면 좋겠다』에 실린 시편에는 "보랏빛이 눈을 정화하듯/ 촉촉하고 맑은 기운"(「시인의 말」)이 담뿍 담겨 있다. 그녀는 보랏빛의 맑은 기운으로 "뻣뻣이 굳어가는 목덜미 돌아"(「도리질」)보고, 빈틈을 응시한다.

　　엉성한 구멍 하나 눈으로 안겨 든다

볕 한 줌 나눠가며 여린 생 다독이는

가슴이 철렁한 숨도

내어 쉬는 그런 곳

하루가 소리 없이 목젖을 울컥일 때

생각의 고리 찾아 헤매는 길이어도

바람이 들락대도록

눈감아 주면 좋겠다

  –「빈틈」 전문

"가슴이 철렁한 숨도/ 내어 쉬는 그런 곳"에 홀로 서 있는 날, 다행이다. 보랏빛의 맑은 기운이 빈틈에 스며들어서. 박은희 시인이 빈틈을 아름답게 말해주어서. 시인의 눈으로 빈틈에 대해 새롭게 배울 수 있어서. 인용 시에서 화자는 "엉성한 구멍 하나"가 "눈으로 안겨 든다"라고 표현하였다. '안겨 든다'는 것은 품 안에 있기 위해 두 팔로 감싸며 화자를 향해 다가가는 행위를 의미한다. 결국 화자가 대상을 품어 안는 일인데, 그 안에는 "볕 한 줌 나눠가며 여린 생 다독이"려는 화자의 의지가 담겨 있다.

  박은희의 시조는 타인의 빈틈을 눈여겨본다. 그들의

"하루가 소리 없이 목젖을 울컥"이는 모습을 발견하는 것이다. 그리고 타인이 "생각의 고리 찾아 헤매"고 있다는 사실을 이해하는 것이다. 더 나아가, 타인에 대한 발견과 이해를 하나의 편협한 평가로 귀결시키지 않고, '품어 안는다'는 또 하나의 발견과 이해로 발전시킨다. 타인의 빈틈으로 바람이 드나들길 바라고, 모른 척 "눈감아 주면 좋겠다"라는 생각으로 미지의 타인을 수용하는 것이다. 그 기저에는 타인의 생활이 "바람결 등을 스치는/ 꽃이 피는"(「나, 오늘」) 하루로 쌓여가고, "곱다시 나눔을 여는/ 떨군 고개 환하"(「길, 나팔수선화」)기를 바라는 염원으로 채색되어 있다. 요컨대, 박은희 시인의 시 쓰기는 타인의 행복을 빌어주는 고요한 기도와 유사하다.

구절초 손잡고서 억새가 웃고 있다

단풍 든 목소리로 휘파람 높여가며

짜 맞춘 단추 하나쯤

풀어놓아도 좋겠다

–「행복할 수 있다면」 전문

일상을 빈틈없이 짜 맞춘 업무나 일과로 채운 채 살아간다면, 어느 틈으로 행복이 끼어들 수 있을까. 행복은 "구절초 손잡고서 억새가 웃고 있"는 모습을 바라보면서, 또 "단풍 든 목소리로 휘파람 높여"갈 때 슬며시 다가온다. 일상과 거리를 두고 자연물 속에서 화자가 여유를 느끼는 시적 장치는 서정시에서 어렵지 않게 목격된다. 시라는 문학적 공간 속에서 이러한 화소가 자주 발현되는 것은 그만큼 자연물이 인간에게 여유와 행복을 주는 매개로 작동한다는 사실에 대한 방증이기도 하다. 자연이라는 공간은 '나'라는 타인을 새롭게 곱씹어 볼 수 있도록 유도한다. 그렇게 자기 자신과 마주하며 위로하고 다독이는 순간에도 행복은 존재한다. 그렇기에 때로는 행복을 위해 "짜 맞춘 단추 하나쯤/ 풀어놓아도 좋"으리라. 그것은 빈틈이 되고, 빈틈 안으로 여유와 행복이 스며들 것이다. 인용 시는 박은희 시인이 타인에게 전하는 메시지이다. 봉인되었던 그녀의 편지를 열어보면 타인을 바라보는 보랏빛의 맑은 마음을 엿볼 수 있다.

마음

마음은 물질로 이루어져 있지 않은 비가시적 공간이다. 실물적 차원으로 규정할 수 없으므로 요동치는 마음을 어떤 방법과 수단으로 지켜야 하는지 난제일 수밖에 없다. 위험에 노출되기 쉬우므로 우리는 스스로 엄격한 윤리적 잣대를 적용하거나 다독이기를 반복한다. 다양한 감정 변화로 흥겨움이나 괴로움이 한 공간에서 축제를 벌이기 때문이다. 박은희 시인의 이번 시집에 '마음'이라는 시어가 빈번하게 등장하는 만큼, 그녀의 시 세계에서 마음은 중요한 의미와 가치를 지닌다. 우리는 자기를 만나고 타인과 공유하는 공간으로서의 마음 안에서 박은희 시인이 나아가고자 하는 시적 향방에 대한 실마리를 찾을 수 있다.

새벽을 당기던 팔 힘줄 더 세워본다
오래된 동화 속의 해피엔딩 떠올리며
오늘은 좋은 날이라며 잇몸 환히 보일까

첫차가 오고 있는 역사가 분주하다

그리는 백지 위에 꿈틀대는 꿈을 싣고

도심 속 빠르게 걷는

뒷모습이 찡하다

　－「마음이 그래 1」전문

어둠이 깊어가는

도시가 참 낯설다

슬며시 새어 나간 느슨함 들켰을까

어깨춤 움츠리도록

다가오는 하늘 울림

　－「마음이 그래 2」전문

　「마음이 그래」연작 시편은 '마음 공간'에 타인을 편입
시킴으로써 조급함과 긴장으로 점철된 현대인의 마음 풍
경을 감각적으로 표현한다. 선행 인용 시의 경우, 화자는
"첫차가 오고 있는 역사"의 분주한 자취를 그리며 "도심
속"을 "빠르게 걷는/ 뒷모습"을 마음 찡하게 바라본다. 작
품 속의 시적 대상은 새벽에 일어나 "오래된 동화 속의 해

피엔딩”을 “떠올리”거나 “그리는 백지 위에 꿈틀대는 꿈을 신고” 팔의 “힘줄”을 “더 세워본다”. 그리고 오늘을 “좋은 날”로 인지하며 잇몸이 환히 보이도록 웃음 짓는다. 화자는 그들의 뒷모습을 보며 애틋함이 섞인 응원의 눈빛을 보낸다. 뒤에 이어지는 인용 시도 도시가 후경을 이룬다. 밤이 깊어지는 도시는 화자에게 낯설게 느껴지고 “어깨춤 움츠리”게 한다. 중장에서는 긴장을 놓기 어려운 도시인의 속엣말이 한숨처럼 진술되어 있다.

이번 시집에 수록된 연작 시조 「마음이 그래」에는 시집 전반에 퍼지는 라일락 향기가 보랏빛의 맑은 기운으로 전해지는 시선이 내재한다. 그 속에는 “연꽃을 눈에 넣은 응원이 오고 간다”(「연의 시간 속으로」)거나 “옥토가 아니라 해도 너를 향한 뭇시선”(「모퉁이 꽃」)이 담겨 있다. 시집 한 권이 타인을 수용하는 훈훈한 감정이 녹아 있는 ‘마음 공간’인 셈이다.

우산버섯 나뭇잎 이고 쑥 올라온 오솔길

낙엽을 불러내는 노래로 속삭이면

들린다 마음의 소리

　두꺼운 벽 허무는
　　－「그곳에 가면」 전문

　박은희 시조에서 '마음-타인'은 '소리'로 청각화되면서 카오스적 감정 체계를 정화한다. 그것은 "낙엽을 불러내는 노래"와 "두꺼운 벽 허무는" 소리가 함께 어우러지면서 나와 타인을 구성하는 모든 차원을 포섭한다. 이때, 초장과 중장에 제시된 자연물은 '마음 공간'에서 자정 효과를 발휘한다. 혼자 고립되어서도 안 되고 타인과 완전히 분리된 상태로 영원히 동떨어져 살 수도 없는 우리는 박은희 시인이 탄생시킨 '마음 공간'에서 서로가 합일되거나 해체되는 경험을 하게 되는 것이다. 그녀의 시 세계에서 '마음 공간'은 무상하고 변화되는 모든 관계를 탈주하여 공감을 향한 언어 공유와 재생을 통해 자유로운 세계를 형성한다. "낯선 길 물소리까지 까닭 없이 정이 간다"(「만남이 좋아서」)는 맑은 생각의 결이 여기에 기인하겠다. 그곳에서는 "거북돌 배경 삼아 어깨가 맞닿으면/ 묻어둔 가슴 응어리/ 눈 녹듯이 녹는"(「마음이 그래 4」) 장

면을 어렵지 않게 목격할 수 있다.

그러나 '마음 공간'에서 벌어지는 일들이 뜻대로 되는 것은 아니다. "웃자란 발아래 일은/ 가지 쳐야 환하"(「다이어트」)겠지만, 우리는 수시로 "빈 둥지 속살 터지는 긴 겨울을 나"(「소나무 이야기」)곤 한다. 다음 작품을 감상해 보자.

　　푸른 하늘 떠도는 구름이 손에 잡혀
　　쑥물 든 숲길 따라 풀빛에 젖어든다
　　계명암 물 한 모금에 더 바랄 것이 없는

　　목울대 타고 넘는 약수에 힘이 솟아
　　쉬어 가라 살랑대는 각시풀 뒤로하고
　　모든 걸 내려놓고도
　　바위산에 눈이 간다
　　　－「마음이라는 거」 전문

인용 시 첫 수에서 화자는 "푸른 하늘 떠도는 구름이 손에 잡"힐 정도로 높은 산에 올라 "쑥물 든 숲길 따라 풀빛에 젖어"들고 있다. 그곳에서 화자가 욕망하는 것은 "계명암 물 한 모금" 정도이다. 둘째 수에 들어서면, 화자는 마신 약수에 힘이 나서 쉬었다 가라고 "살랑대는 각시풀"도 지나치고 하산한다. 그런데 마음이란 게 이토록 변화무쌍하다. 모든 것을 내려놓았다고 생각했는데 계속해서 "바위산에 눈이 간다". 욕심과 미련 등을 버렸다고 믿었지만, 여전히 다 비우지 못한 것이다. 따라서 인용 시에서 '산'은 욕망과 무욕無慾이 비대칭적으로 공존하는 '마음 공간'의 환유라 하겠다.

　박은희 시인이 '마음 공간'을 라일락 향기가 퍼지는 보랏빛의 맑은 기운으로 채우기 위해 수행하는 시적 작업이 어떠한 양상을 띠고 있는지, 아래의 작품을 통해 가늠할 수 있다.

　　마음은 자갈밭 길 성긴 채 서성이다

　　닫힌 문 열어보려 등허리 바로 세워

　　어둠을 달래어본다

　　가만가만 보낸다

　　긴 호흡 조심스레 만남을 기대하면

　　조금씩 다가오는 그림자 맑아진다

꽃잎이 빛을 향하여

스스로를 열 무렵

 ─「나에게로 초대」전문

　첫 수 초장에 언급된 바와 같이, 마음은 수시로 "자갈
밭"을 헤맨다. 그럴 때 화자는 "닫힌 문 열"기 위해 "등허
리 바로 세"우고 "어둠을 달래어본다". '마음 공간'을 메운
어둠을 "가만가만 보"내는 것이다. 이른바, 자기를 만나
는 고요한 명상과도 같다. 그렇게 "긴 호흡"으로 오랫동
안 '마음-자기' 안에 머물면 "조금씩 다가오는 그림자"도
"맑아진다". '맑음'은 박은희 시인이 추구하는 시적 및 사
회적 지향이기도 하다. 시인이 추구하는 '맑음'은 "꽃잎
이 빛을 향하여/ 스스로를 열 무렵"에 동시적으로 성취된
다. '마음 공간' 안에서 진정한 자신과 마주하며 '맑음'이
이루어졌을 때, 비로소 화자가 빛을 보게 되는 것이다.

　얼마 전부터, 현대인의 심리 건강과 관련하여 '마음챙
김mindfulness'이 화제가 되고 있다. 그리고 현대 심리학에
서는 스트레스 완화에 기여한다는 사실에 근거하여 탈
종교적 방식으로 마음챙김을 도입하여 활용하고 있다.
'마음챙김 혁명The Mindfulness Revolution'이라는 표현이 나

온 배경도, 마음챙김이 종교적 명상 센터, 심리치료 센터, 병원, 학교 등에서 널리 적용되는 현現 세태에 근거한다. 박은희 시인이 "기대듯 내려놓고 저 먼 곳 바라보"(「의자론」)며 '비움'을 실천하는 행위도 "무지개 펼쳐지는 천상에 입 맞"(「아메림노스」)출 수 있는 마음챙김의 길이 된다.

　마음챙김은 타인에 대한 사랑—해방신학에서 언급하는 '가난한 자에 대한 우선적 사랑'—과 '가슴챙김 heartfulness'—토머스 키팅이 강조한—등을 통해 실현된다. 이 두 계열은 서로 연결되어 있다. '마음'이 인지적 cognitive 영역에 가까운 반면, '가슴'은 인격적personal이면서 정서적affective 영역에 인접해 있는데, 박은희 시인이 이번 시집에서 보여주는 마음챙김은 '마음 공간'에서 타인을 이해하고 포용하기 위한 '마음-타인-챙김'과 '맑음'을 성취하고자 하는 '마음-자기-챙김'이라는 방식으로 타인에 대한 사랑과 가슴챙김의 결합에서 이루어진다. 그녀의 시조는 자신이 몸소 보여주는 마음챙김의 수행 방법과 만나 "칼바람 견디어낸 꽃가지 바람"(「그녀에게」)이 된다. "귀 세운 작은 소리에도/ 향기 풀어 말을 건"(「덩굴장미」)네는 박은희 시인의 시적 이상과 노력이 그녀의 언어에 보랏빛의 맑은 라일락 향기가 스며들게

만들어, 시집을 한 권의 수채화로 만드는 미적인 형태로
귀결되는 것이다.

수채화

"누려온 순간들이 스쳐 온 시간마다/ 가로등 그림처럼
넉넉한 걸음새다/ 탑 쌓듯 기도가 닿아/ 동요 없이 잔잔
하다". 박은희 시인의 이번 시집에 실린 「산책」의 둘째 수
이다. 산책은 우리가 누려온 순간들을 돌이켜 볼 수 있는
시간과 장소를 제공한다. 여유로운 걸음걸이에 맞추어
마음속의 기도가 몸 밖으로 퍼지면 사위는 동요 없이 잔
잔해진다. 이 믿음은 박은희 시조가 지닌 미덕을 상징적
으로 드러내는 것이라 할 수 있다. 그의 시 세계에는 비좁
음이나 궁상맞음이 없다. 대신, 시집 전반에 "가을에 취한
구름 호수에서 건져"(「말갛다」)낸 듯한 서정이 녹아 있다.
그녀가 구축한 서정은 우리로 하여금 수채화 같은 붓질
로 표현한 맑은 감정과 만나게 한다.

　　속을 다 내보이며 홀로 선 창이 있다

툭 튕기는 빗방울에 제 길을 내어주고
날아드는 빗방울 앉혀 수채화를 그리는

바람에 떠밀려서 헤매던 빗물처럼
응원에 기운 차려 빛을 내는 걸음들
쇼팽의 녹턴 이십 번
비雨 선율이 파고든다
　－「서정에 머무르다」 전문

　인용 시의 첫 수는 빗물이 들이친 창을 보여준다. 여기
에서 창은 "툭 튕기는 빗방울에 제 길을 내어주고/ 날아
드는 빗방울 앉혀 수채화를 그리"고 있다. 그 모습은 봄
날에 멀리까지 퍼져나가는 라일락 향기와 같이 맑다. 둘
째 수에 제시된 "바람에 떠밀려서 헤매던 빗물"에도 슬픔
의 짓눌림 따위는 보이지 않는다. "응원에 기운 차려" 삶
의 무게를 털어내고자 하는 "빛을 내는 걸음"이 존재할 뿐
이다. 박은희 시인이 잉태한 '맑음'이 쫓김과 불신, 외로
움 등으로 얼룩진 우리의 단절된 일상을 이겨내게 하는
판타지로 보일 수 있으나, 이와 같은 낭만적 소비가 지리
멸렬한 현실과 감정을 대체하기 위한 대안이자 이상 세

계에 대한 복원이라 치부한다면, 그녀의 시적 분투는 우리에게 의미심장하게 전해진다. 이는 비현실적인 몽상이 아니라 저간의 모든 생활을 견디게 하는 도리가 되는 것이고 오랜 세월 지나오며 끊임없이 내면에서 길어 올린 지혜로 자리매김하는 것이다. 그러므로 박은희 시인이 그리는 수채화에는 라일락 향기가 느껴지는 보랏빛의 맑은 그림뿐만 아니라, 황혼 녘 하늘을 수놓는 노을빛도 함께 있다. 아래의 시가 이를 유연하게 재현한다.

　　바다에 내려앉는 붉은 시간 바라보다
　　꼭 다문 입술 틈새 삐져나온 생각 한 줄
　　거룩한 비움 앞에서
　　대월생활 떠올린다

　　밤바다에 뿌려놓은 루비의 융단이다
　　스멀스멀 올라오는 내일을 마중하는
　　다시금 손을 모은다
　　차오르는 참사랑
　　　－「일몰 그 앞에 서서」 전문

화자는 "바다에 내려앉는 붉은" 노을을 바라보고 있다. 그 "거룩한 비움"을 앞에 두고 "대월생활"을 생각한다. 작품에 덧붙여진 설명에 의하면, 대월생활은 일상의 순간마다 성화하면서 침묵 속의 여정을 걸어 마침내 하느님의 현존 안에 사랑으로 사는 생활을 의미한다. 이에 따르면, 인용 시의 화자는 자연이 그린 웅장한 수채화 앞에서 초월적 심성과 이면을 투사하고 마음속의 잡음을 없애는 것이다. 다시 말해서, 박은희 시조는 그녀의 생활에서 마치 "빈칸을 메꾸어가던 유혹 떨친 기도문"(「오! 복된 날」)과 같은 기능을 한다. "숨겨둔 내 그림자/ 더 깊이 감춰"(「눈물꽃」)두었던 감정과 마주하고 "깜깜한 밤하늘에 별빛도 길"(「성호를 긋는」)이라고 믿으며 '사랑'을 발현하고자 한 것이다. 그 사랑 안에는 일몰처럼 짙고 깊은 원숙미가 담겨 있다.

주변을 돌아보고 모서리 내려놓은

기도 손 마주하며 사랑을 노래할 때

거룩한 내맡김의 생

향기마저 그윽하다

　-「그래, 시작이다」전문

　박은희 시인이 "주변을 돌아보고 모서리 내려놓"으
며 기도했던 것은 고요한 마음, 정갈한 마음, 단정하면서
도 품격 있는 마음, 빈틈을 그대로 품어 안는 마음, 욕망
과 결여를 보완하고자 하는 마음 등이다. 그리고 그 마음
들이 향하는 곳은 주변-타인-세계이며, '사랑'이 이 모
든 마음의 기반이 된다. 마음속에서 사랑을 싹 틔우고 표
현하는 일이 때로는 "찌르는 통증만큼 흩어진 눈길"(「길
을 가다가」)이 되기도 하지만, 포기하지 않고 끊임없이
그것을 지향해 갈 때 "나눔이 크지 않아도 먼저 하면 더
좋"(「사랑은」)은 것 역시도 사랑이라 하겠다. 그러한 믿음
이 "거룩한 내맡김의 생"을 이루고, 거기에서는 "향기마
저 그윽하다". 라일락의 향기처럼 맑은 느낌으로 말이다.
그렇기에 "기꺼이 다 내어주며/ 피고 있는 시상 하나"(「봄
을 부르는 무엇」)는 박은희 시인의 사랑이 된다.

　　말간 네 얼굴 너머 은은한 나팔 소리

이제 깨어나라며 바람결에 싣는다
설렘이 피어나는 문턱
색 입히는 작은 바람

봄비 살짝 내리는 나지막한 담장 건너
움츠린 등을 펴고 너의 길을 가야지
곱다시 나눔을 여는
떨군 고개 환하다
　─「길, 나팔수선화」 전문

　이번 시집이 한 편의 수채화가 되는 데는, 박은희 시인
이 사랑으로 심고 피운 '꽃'들과 봄날의 시선이 기능한다.
위 시에서 화자는 길 위에 핀 나팔수선화를 발견하고 시
적 대상을 '너'라고 지칭하며 인격화한다. "봄비 살짝 내
리는 나지막한 담장 건너"에서 화자는 '너'에게 "움츠린
등을 펴고 너의 길을 가"라고 말한다. 화자의 이러한 전언
은 자신을 향할 수도 있고 타인에게 보내는 편지가 될 수
도 있겠다. 박은희 시인이 활용하고 있는 담백한 시어와
시적 표현 뒤에는 자신을 둘러싼 주변-타인-세계에 대
한 시인의 열정적인 사랑이 자리하는 것이다.

이처럼 박은희 시인은 끓어오르는 사랑을 압축하여 단형의 시조에 메시지를 담는 신비한 면모를 보여준다. 눈여겨봐야 할 지점은 정열적인 사랑의 주체가 대상을 내면화하면서 품었던 마음에 있다. 그녀가 줄곧 노래하는 언어는 사랑으로 쓴 기도문이다. 사랑의 기도문을 지나오면 "민낯의 화원을 만나/ 그림자도 꽃이 된다"(「곰배령 나들이」). '마음 공간'에서 타인의 빈틈을 어루만지고, '맑음'을 향해 재생과 정화를 쉬지 않는 시적 행위도 "축 처진 발걸음"을 "다독이는 라일락"이 되고자 하는 태도에서 오리라. 그래서 그녀는 「시인의 말」에서 이렇게 말했다. "매일 아침 한 편의 시조를 읽는 건/ 하루를 바꾸는 행복"이라고. "촉촉하고 맑은 기운"으로 "행간에 의미를 불어 넣어/ 풍요와 자유에 이르는 길"이라고. 시조에 대한 열망과 사랑에도 라일락에서 풍겨 나오는 황홀한 마음이 전해진다. 박은희 시인이 우리의 마음이라는 오래된 축제에 보랏빛의 맑은 향기를 계속하여 전해주었으면 좋겠다.

友利 박은희

부산경성대학교 교육대학원 상담심리학과 졸업
전 초등학교 교사
2017년《부산시조》신인상 등단
한국시조시인협회·부산문인협회·부산시조시인협회·부산여류시조문
학회·가톨릭문인협회 회원, 시목 동인
부산시조시인협회 사무차장, 가톨릭문인협회 사무국장
2024년 부산문화재단 우수예술지원사업에 선정
rosa0163@hanmail.net

눈감아 주면 좋겠다

—

초판 1쇄 2024년 8월 15일
지은이 박은희
펴낸이 김영재
펴낸곳 책만드는집

—

주소 서울 마포구 양화로3길 99, 4층 (04022)
전화 3142-1585·6
팩스 336-8908
전자우편 chaekjip@naver.com
출판등록 1994년 1월 13일 제10-927호
ⓒ 박은희, 2024

—

* 본 도서는 2024년 부산광역시, 부산문화재단〈부산문화예술지원사업〉으로 지원을
받았습니다.

부산광역시 BUSAN METROPOLITAN CITY   부산문화재단 BUSAN CULTURAL FOUNDATION

—

ISBN 978-89-7944-878-8 (04810)
ISBN 978-89-7944-354-7 (세트)